KB028265

그 산 그 하늘이 그립거든

5월시 동인시집 제2집

그 산 그 하늘이 그립거든

초판 1쇄 인쇄 2020년 5월 10일
초판 1쇄 발행 2020년 5월 18일

지은이 윤재철 박주관 곽재구 나종영 최두석 박몽구 김진경 나해철 이영진
펴낸이 김연희
주간 박세경

펴낸곳 그림씨
출판등록 2016년 10월 25일(제406-251002016000136호)
주소 경기도 파주시 광인사길 217(파주출판도시)
전화 (031) 955-7525
팩스 (031) 955-7469
이메일 grimmsi@hanmail.net

ISBN 979-11-89231-30-9 (04810)
ISBN 979-11-89231-28-6 (세트)

이 도서의 국립중앙도서관 출판예정도서목록(CIP)은 서지정보유통지원시스템
홈페이지(http://seoji.nl.go.kr)와 국가자료공동목록시스템(http://www.nl.go.kr/
kolisnet)에서 이용하실 수 있습니다.(CIP제어번호: CIP2020018304)

5월시 동인시집 제2집

그 산 그 하늘이 그립거든

윤재철 박주관 곽재구 나종영 최두석
박몽구 김진경 나해철 이영진

그림씨

차례

윤
재
철
。

.

소록도 1

하염없이 눈 내리는 바닷가는
서 보지 않으면 모른다.
사랑도 그 잿빛 실루엣의 눈물도
서 보지 않으면 모른다.

바다로 한없이 굴러갈 듯하다가도
문득 멈춰 서서 우는
작은 자갈의 소리를 듣다가
눈이 내린다.

켜켜이 쌓이는 자갈
사이로 눈이 내리고
사이로 바다가 간다.
끝없이 다치며 구르는 자갈
그 작은 울음 속으로
문둥이는 허물어진 제 뼈를 다시 줍고 있다.

영원히 실패하는 시지프스의 섬
영웅을 실패시키는 작은 눈물들

자갈들이 하나하나 소록도가 되고
남쪽 하늘로도 북쪽 하늘로도

눈이 내린다.

수유리에서

수유리 4·19 묘지에 내리는 눈은
돌아누우라고 한다.
먼 하늘을 소리 없이 달려와
쌓인 눈을 다시 덮으며
돌아누우라고 한다.

너무도 조용해
그렇게 내리는 것은 사랑인가
그렇게 덮이는 것은 황홀한가
그렇게 눈 감아도 입술에 닿아 녹으며
돌아누우라고 한다.

그러나 돌아누우며 내리는 눈은
팔이 없다.
어깨를 덮으며 온몸을 덮으며
내리는 눈인데도 팔이 없다.
연못에서는 아이들이 스케이트를 타고
환호성을 울리는 사이에도 눈은 내리고
묘지를 덮으며 아이들을 덮으며
내리는 눈인데도 팔이 없다.

그렇게 눈 감아도

눈은 입술에 닿아 녹으며
돌아누우라고 한다.
수유리 4·19 묘지에 내리는 눈은

겨울연습

눈 덮인 산이 말을 한다.
눈 덮인 들이 말을 한다.
말을 하지 말라고 덮인 속으로 말을 한다.

검게 마른 나뭇가지가 아프다고 한다.
아직 덮이지 않은 풀잎들도 아프다고 한다.
아프지 않다고 기침같은 소리로 아파한다.

배반이다. 충분히 강한 것이
말을 하고 아파하는 것이
아프지 않다고 하는 것은
덮인 속으로 말을 하고
작은 기침으로도 아파하는 것은 배반이다.
눈으로도 가득 덮이지 못하는 말과
선 채로 늘 발이 시린 기침들

그리고 내겐 잠들지 못하는 소리들과
벗겨지지 않는 슬픔들이 검게 마르며
칼날처럼 바람의 속을 가르는 연습
구두 신고 눈길을 달리는 연습.

나의 사랑도 노래도 거기에서 끝나고

눈 덮인 산이 말을 한다.
눈 덮인 들이 말을 한다.

이장移葬 그 후 2

주인 없는 무덤에도
봄이면 풀잎이 새로워지는 것이
정情이라던 것이
풀잎이 무덤을 먹고
나무가 무덤을 먹고 자라
하나 무덤을 다 먹으면 흙이 된다던 것이

밤이면 꿈속을 붉은 깃발이 달리고
인부들은 껄껄거리며 무덤을 뽑아낸다.
삽자루가 이리 저리 엇갈리며 부딪치고
붉은 흙더미 속에 허옇게 잘려나간 풀뿌리들.
척척 삽자국이 사방 벽을 찍어 내리고
연탄재 쌓인 회색의 텅 빈 공지 속
사자死者는 신발만 남아 빗물을 가득 담고

아침이면 우리는 또 하나 산을 먹는다.
나무를 베어 먹고 풀밭을 뒤집어엎어
부르도쟈는 또 하나의 공지를 만들고
삽자국을 따라 우리들 마음 속으로 번져가는 공지.
우리의 식욕은 하루 하루 우리를 배반하고
우리의 발꿈치를 먹고 무덤을 먹어 치워
텅 빈 구덩이 속은 바람이나 잠깐 살다 간다는 것이

꽃

가난한 나라의 꽃은 설움일다
가난한 나라의 꽃은 악다귀
가난한 나라의 꽃은 입으로 삼키는 꽃일다.

그리하여 네가 네 속에 하나의 씨를 가질 때
나는 너를 연민憐憫한다.

네가 네 속에 하나의 씨를 가질 때
나는 나의 신명身命을 다해 한 편의 시를 쓰고

네 여린 꽃잎으로 본다.
네 여린 대궁이로 본다.
네가 가난한 나라의 아름다움을 받쳐든 때
나는 나의 혼신渾身으로 가시가 되고 싶다.

살아간다는 것은 끝없는 거역
그리하여 네가 젖은 입술로 한 마리 나비를 날게 할 때
네가 지키는 바다는 간단없는 목숨의 신앙이 된다.

연필로 쓰는 시

바퀴를 달자.
그리운 날의 가슴으로
쓰레기를 메운 땅 위에도 풀잎은 돋고
부러지고 버려진 바퀴가 살아난다.

잊어버린 추억에다가도 바퀴를 달자.
원수의 가슴에도
친구의 가슴에도
그리고 다시 풀잎
땅으로 반동反動하는 바퀴를 달자.

그러면 바퀴는 소곤거린다.
그러면 바퀴는 새가 된다.
정말 바퀴는 부서진 새의 눈이 되고
바퀴는 쓰레기 더미 속
무성한 풀잎으로 되살아난다.

깨어지는 소리
소리가 다시 소리를 움켜잡는 소리.

새남터·봄

브로크 담 안으로 하얗게 핀 목련을 보면
꽃은 그가 꽃인 것도 잊고
백치白痴처럼 웃고만 있다.
단지 어깨 위로 조용히 내리는 햇빛

브로크 담은 브로크 담으로 자유롭다.
그가 담인 것도 다 잊고
그의 안에 꽃을 피우고 있는 것도 다 잊고
단지 어깨 위로 조용히 내리는 햇빛

다시는 아무것도 고백하지 않으리라 한다.
풀잎과 모래로 입다문 땅
강물은 풀잎으로 자라고 언덕으로 자라고
무성하게 자라는 풀잎들이 하나하나 움켜잡는 햇빛
풀잎은 그가 늘 붙잡으며 무너지고 있었다는 것을
기억하지 않는다.

햇빛 쪼개지는 아픔으로 입맞춘 땅
돌아서면 쟁쟁하게 어둠의 빛으로 마주쳐 오고
어둠 속 끝없이 흔들리는 풀잎.
꽃은 우리가 지운 하나씩의 얼굴로
이가 시리게 웃고만 있다.

염소 1

그리하여 네가 나를 본다.
네가 네 몸으로 거느리는 어둠과
네 않으로 끝없이 닫혀진 문
보이지 않는 모든 것과 일어서 있는 모든 것들 속에서
네가 나를 본다.

자꾸 멈춰서서 눈꼽을 지우는 네 주인이 아니라도
우리들이 온전히 가질 수 없는 우리들의 어둠
또한 깨어진 쟁기와 밭과
내보일 수 없는 우리들의 눈썹
가슴 깊이 숨겨 가는 우리들의 어둠을

누가 어둠이라 부를 수 있는가
누가 솔직하게 자신을 냄새맡을 수 있는가
무너지는 살의 꽃잎을 먹으며
타오르는 어둠의 벽.

네가 걷고 있는 것, 어둠의 속
네가 거느리는 빛의 가장자리
풀잎은 한줄기 어둠으로 타오르며
모든 일어선 것과 사랑과 결별을 하는
끝없는 무너짐의 가장자리

그리하여 네가 나를 본다.
닫혀진 것들의 상처 속으로 타오르는 눈물
어둠이 어둠으로 손잡을 수 없는
끝없는 배반과 이름의 저쪽에서
지워지지 않는 색의 투명한 깊이로

덕수궁 돌담길

덕수궁 돌담길을 걸어가면
누군가가 자꾸 나를 기웃거리고
돌아보면 아무도 없는 사이
돌담 위로 나무가 자란다.
빌딩이 자란다.

덕수궁 돌담길을 걸어가면
나무도 옳다고 하고
빌딩도 옳다고 하고
담장 안이 틀렸다 하고
담장 밖이 틀렸다 하고
앙상한 가지 사이로 달이 흘러간다.

내가 말 없는 사이에도
발자국은 발자국의 행로를 가고
나는 나의 행로를 가고
머리칼은 뚜벅이는 발자국의 한발 앞선 행로를 예감한다.

그리하여 앞서 걷는 것이 벽壁일까
옆에 두고 길게 같이 가는 것이 벽壁일까
아니면 발자국이 자꾸 두고 가는 것이 벽壁인가.

소리 없이 담장 위로 바람이 흐르고
나무가 자란다.
빌딩이 자란다.
나무가 옳다고 하고
빌딩이 옳다고 하고
담장은 늘 저의 높이로 함께 간다.

50년대 즌쟁
—수위아저씨

내 몸에 70발
내 몸에 70발
총알 받고 살아난 놈이여

학교 쓰레기나 치운다고
쓰레기나 치운다고
짐승만두 못허게 생각하는 놈두 있지만 말여

함경도 길주꺼정 갔다 왔어
한발 앞서 인민군허구두 싸우고
중공군 밥두 먹어봤구먼

그 이지러진 얼굴은 지금도
소주 한 병을 한 컵에 따라 마시고
말을 안한다 말을 안혀

아저씨 말이
한양 안갔다 온 놈이 이기는 기여
제깐놈들이 뭔 세월을 살었다구

아무것두 모르지 당해 본 놈 아니면 누가 알끼여
솔직히 매일 전투했으면 하고 바랬네

싸움하는 날은 그래도 실컷 밥을 먹었으니께
밥만 실컷 멕여줬으면
국군도 백 배 천 배 잘 싸웠을끼여
싸움 안하는 날은 배고파
뜬구름 보며 고향 생각 눈물두 흘렸지.

박
주
관。

남광주

남광주의 아침은 아욱 냄새가 난다.
시장 바닥에 앉은 아이 업은 아낙의 풍경은
멀리서 바라보면 용서를 빌고 싶지만
가까이서 눈뜨고 보라 그것은 눈물이다
건널목에서 여자 몇이서 깔깔거리고 있다
간수는 쌍것들이라 욕해대고
공중목욕탕에 가는 꼬마들도 헤헤거린다
중고 자전거를 타고 가는
다리에 털 많은 쌀집 아저씨는
아들놈의 예비군복을 입고 있다
댓가지가 꽂혀 있는 곳으로
다리지도 못한 옷을 입고
부인네 둘이서 쌀 몇 되와 몇 푼을 가져간다
어젯밤엔 밤하늘에 외상으로 악을 쓰고
바락 바락 노래 부르기도 한 여자들과
오늘 아침 화순 방면에서 온
아낙들의 눈물이 남광주의 설움이다
움직이지 않은 장면들이
진보되지 않은 사실들이
뙤약볕 아래서 종일 계속되고
물건 파는 사내의 악다귀만이
방금 도착한 여수발 열차에 실려간다

광주의 남쪽 변두리는
우리가 가벼운 마음으로 떠났다가
무작정 내려버리는 어떤 읍내의 풍경 그대로다
남광주의 저녁은 누룩 냄새가 난다
삼교대에 들어가는 계집애가 촐랑촐랑 뛰어가고 있다
거대한 산
무등이 지배하는 밤은 계속된다.

정물

사과도 며칠 전의 사과
너는 죽어 있는 것들을 살리려 애쓴다.
빛 한 방울과
물 한 방울이 만나서 사는
모두가 죽어서 만나는 것들 속에서
쓸데없는 거짓으로 이야기하지 마
절름발이는 절름발이임을 외쳐야 한다.
사물 그대로
보는 대로 사랑이라면
우리의 사랑도
말의 홍수 속에 살아 있어야 한다.
말도 못하는 자들의
얼어붙은 입 앞에서 우리는
어디에라도 가야 하는가
깨어진 사금파리가
햇빛에 반짝이듯이
사랑은 그대로 거기서 빛나야
사랑도 옛사랑이 좋아.

이 세상은

이 세상은 이도 없는 세상이다
형님이 갓난아이였을 피난때
누비 옷깃에 촘촘히 뿌리박고
순하디 순한 피를 빨아먹던
이조차 뵈지 않으니
겨울 내의도 필요 없는 시대다.

하늘이 부끄러워
산에 오면 드러눕던 너희의
민둥머리도 좋은 약으로 푸를 때
가발 장수도 망하고
단발머리 소녀들도 길거리로 나서고
세상은 좋아도 바람은 예고없이 분다.

지금은 없어진 나라
월남 할머니들은 이빨로
이를 으깨어서 배를 채웠다는데
우리나라는 선진국이더라.

매도 좋은 매 참나무로 만든
순하디 순한 참기름 맛으로
족치고 만지고 싶은 아저씨 앞에서

너는 죽어도 몇 번 죽어도 마땅하다.

고향으로 돌아가서
못난 에미년 모시고 살 일이지
글 몇 자가 너를 망치더라
노래 몇 구절이 너를 떠나게 하더라.

이 세상은 이도 없는 세상
없어지는 것이 많은 세상이다.

주먹

손을 쥐면 주먹이라
피흘리며 허공을 가를 때 힘없는 무기라
뺨 왼쪽을 맞으면
바른쪽 뺨의 약은 손이다
손과 주먹은 성경구절이라
옛날 한 옛날에
못살게 굴던 사람을 때려 눕혔다는
김구선생의 주먹은 포도주라
껌팔이 소녀가 지겹다고
손으로 쫓지 말고
으스러지게 껴안아줘 보라
살내나는 화합 속에
아름다운 삶의 이빨을 들이대면서.

가을 물소리

물소리는 보지 말고 듣기만 하게나
세상의 더러움을 보지는 말고 만지기만 하게나
가을 계곡에 깊이 파묻혀 듣는 것은 더욱 좋아
소리의 속을 볼 수 있는 자는 행복하이
우리가 서로 서로 싸우는 것은 더욱 좋아
풀잎 위에 구르는 가을 물소리는
허연 뼈를 드러내고 흘러가지만
당신의 가슴 속까지는 흐르지 못하네
아픔이 사로잡힌 날들을 보며
사람이 피해간 산속에 홀로 와서
한잔의 소주를 마시는 것은 더욱 좋으리.

여름 저녁

다리 밑으로
돼지 곱창 삶는 풍경이 흐르면
개 몇 마리
빨래터에서 서성거리고
아랫도리를 벗은 여자들이
늘비한 하꼬방에 모여 있었다.

방화가 동시 상영되는
과부집 골목의 극장 앞에
사내들이 기웃거리고
바다로 흘러가는
밤새내 젖은 여관이 몇 개 흔들리고 있었다.

여름 저녁
도시를 관통하는 바람난 강을
시민의 양심이라 이름 붙이면서
성욕의 꿈들을 흘러 보내고 있었다.

양잿물로 삶아 버려도
깨끗한 처음,
시작이 시작되지 못할
너의 음모 위에 기침을 흘리며

돌 몇 개를 주워
하늘로 하늘로 날려 보아도
우리는 아무것도 맞힐 수가 없었다.

날

아버지의 도끼날은 녹슬어 있다.
가신 지 몇 해 동안 갈고 닦았지만
예전만큼 빛이 나지 않는다.
한 생을 살아야 하는 데는
칼로서 베듯이
당신의 말씀은 아직도 쟁쟁한데
우리들은 아무것도 자를 수 없었다.
시내버스를 타고 똑같은 발놀음
한잔 술의 욕해대는 변함없는
욕설고의 장단 속에
당신의 도끼날은 녹슨 지 오래지만
나는 오늘도 이 꽃을 지우기 위하여
당신의 붉은 카네이션을 가슴에 꽂겠다.

말에게

말 한 마리 마을 어귀에서 죽어가고
사람은 아무도 보이지 않는다.
이 마을에서 살아 있는 것은 없다.
계곡을 돌아 피어나는 꽃 속에
달랑거리던 방울소리도 멎은 지 오래다.
당신 상여 뒤를 졸랑졸랑 따라가던
말이여 이제는 따를 자도 없구나
모래 무덤 속에 가고 없는 이여
반도의 끄트머리에서부터 끝까지
달려 나오던 말이여
여인의 옷섶을 짓밟고
제주도의 어느 폭포처럼 힘차던
갈기도 이제는 바다로 가고
이제는 말이여 말이여.

나는

　가계수표도 있습니다 신용카드도 있습니다 선생질을 하고
있습니다 가끔씩 시도 발표합니다 마누라도 일주일에 몇 번씩
사랑합니다 소시민이 되어버린 친구들도 굳이 만나서 가끔씩
양주도 마십니다 전세방에 살지만 팁도 주어 본 적 있습니다
아버지가 곧 되지만 다른 여자의 엉덩이도 만져 봅니다 대한민
국에서 꿈이란 꿈은 다 갖고 싶지만 평범하게 꿈니다 문협 이
사장 시인협회장 문예지 주간 문학교수 신문사의 문화부장 꿈
도 꿈니다 그리하여 죽을 때까지 해먹고 싶습니다 그러면 나는
아버지고 남편이고 스승이고 아들이고 시인이고 친구고 필요
없는 것을 다 갖춘 시민이며 국민입니다 바람빠진 기구처럼 바
다로 바다로 추락하는 저기 저 정치가 사업가 옷벗은 사람들이
요즈음 눈만 뜨면 보여서 다시 잠이나 자고 싶습니다.

망원동에서 망우리까지

이제는 보리라 살아 있는 것도 부끄럽고 죽기도 죄스러운데 사람들은 너무나 멀리 바라다보다가 가까운 거리에 죽음이 있는 걸 모르고 있다.

시장바닥에 앉아 있는 닭집 옆의 인삼장수 할머니. 몸보신에 좋다며 닭 한 마리에 인삼 한 근 고아 먹으면 정말로 그걸 먹으면 다시 한 번 힘께나 쓸 수 있을까.

순복음 복덕방 아줌마가 파를 다듬고 있다. 포장마차 강씨는 차일을 치며 지나가는 부인들의 얼굴을 히끗거린다. 전파사 육손이 아버지가 웃고 있다. 갑자기 몰아쳐 오는 한강의 찬바람이 지금 막 출발하려는 망우리행 131번 버스에 오르고 있다.

가장 멀리 바라다보며 꿈꾸는 자는 가장 가까운 서울의 죽음을 만나리라 망원동에서 망우리까지의 노자돈은 120원임을 잊지 않는다면 살아서도 죽을 일들이 도처에 깔려 있구나.

곽
재
구
。

겨울날

겨우내 우리들은 산을 털어
토끼를 몰고 개울 얼음을 깨
잠든 피리를 잡아 소주추렴을 하였다
곱은 손으로 생솔가지를 꺾어 들고
숯막의 낮은 추녀와 쌓인 눈이
맞닿을 때까지 고함을 지르며
날카로운 얼음조각이 뒹구는 개울가에서
발에 동상이 드는 줄도 모르고
산 너머 너머를 바라보았다
마을의 겨울꿈들은 언제나
서편 하늘에 붉은 노을로 걸리고
그 겨우내 우리는 한 페이지의
새마을 잡지도 읽지 않았다
뱉어도 뱉어도 줄창 쏟아지는
하늘의 젖빛 가래
가짓대를 삶은 물에
동상이 든 손발을 적셔 주시며
어머님은 낡은 옷고름에 눈물을 찍어 올리고
감옥소에 갇힌 동생에게서도
소를 팔아 변호사를 사려 간 아버지에게서도
함께 대학다닌 동생 친구 아무에게서도
편지 한 통 눈발 속에 넘어오지 않았다.

아침

1

고구마 시렁에 고구마들이 추워 서로 팔 껴안는 소리 들릴까 제일 아래층에 눌린 약한 고구마들 창밑 겨울햇살 쪼일 수 있게 힘센 고구마들 길 비껴주는 소리 후둑후둑 햇살의 칼과 맞부딪히며 마음속의 죄도 풀려 봄바람 이는 소리.

2

녹슨 못 일렬 종대 대롱대롱 햇살 속에 그네타는 청국장 메주 밤새 물든 곰팡 서로 부벼주고 털어주며 왁자지껄 쉿 너무 소리가 커 조용히 마음속의 소리 더욱 조용히 흰 수염 입술 위 손가락 세우는 노인 메주 그리고 제일 늙은 메주와 제일 어린 메주부터 다시 순서대로 햇살 속에 그네타기 툭툭 겨울공기 차올리며 추운 햇살 속 푸른 봄바람 찾기.

시인이 된 친구에게

1982년 1월 7일
아침 신문에 꽂힌 호미날과
그리운 네 일가족의 풀잎을 보았다
눈 덮인 활자들이 찰랑찰랑 강물소리로 흐르고
동두천 어디 살을 판다던 네 누이의
박하분 살냄새도 피어 올랐다
그늘이 내린 구진포 배가 든
읍네의 멸치젓 냄새는 달고 가난도 달고
이슬 맺힌 갈메꽃 가시내들 첫 순정도 달고
달아서 뱉을 수 없는 네 어린 시절의 상처를
너는 지금도 단수숫대처럼 깨물고 있었을까
전문의가 되고 두 아들의 아버지가 되어서도
신춘문예에 당선된 친구야
아니 아니 시인이 되기 위해
의사짓 그만둔다 노래했던 친구야
생각날까 송정리 명산부인과 쓰레기통
버려진 아이들의 탯줄이
징그러운 햇살로 네 삶을 칭칭 감던 겨울날
네가 다 못쓰고 쓰러진 시들이
약탕관에 누우런 살기름으로 굳어 있음을
나는 보았었다
마음 속의 봄도 호미날이 꽂힌 아침

축전을 치러 충장로에 가는 버스에
한 무리의 안개가 걸려
버스는 우체국으로 가는 봄길을 모르고.

칡꽃

저녁 안개를 마시고
어둠이 수목처럼 풀릴 때까지
도시형버스의 손잡이에 흔들리며
석간이 시민들의 포키트에
꽂힐 때까지
돌아오는 가건물 낮은 처마마다
우리들의 오랜 칡꽃은 피어 있다
코올타르 배인 송판내음
고단하나 뜨거운 가슴으로 방에 들면
소죽 쑤던 고향 토지면의 사랑채가
손에 잡힌다
보리밥알 같은 초가들이 황토 위에 묻어 있고
호박마름 꼬챙이가 바람벽에 걸려 있고
써래질 강인한 보습날에
숨죽은 연대의 침묵이 일궈지고 있었지
그 무슨 혁혁한 의의로 가득 찬 멜통을 메고
우리들은 이 공사장에 밀려 왔는가
휘청대는 가교 구멍 뚫린 철판 새로
빛나는 인종의 시민들은 밀려가고
어지럽게 칡꽃들이 눈앞에 날린다
공민학교 이학년에 편입한 막내의
눈 내리는 뜨거운 일기

그러나 밑둥 튼튼한 내 아우는
산유화와 아메리카를 알고
멜통에 채운 자갈들이 우루루 쏟아질 때
거기 끓는 땀과 정직
그런 푸른 하늘이 내 벗겨진 등마다
굳어 있음을 나는 안다
가난하나 오래 튼튼한 일모
줄을 서서 노임을 받는
우리들의 깨끗한 하늘에 칡꽃은 핀다
코울타르 배인 송판내음
그 키 작은 양심의 문을 열고 들어서면
어머니는 한 땀 두 땀
수인형의 세계를 엮으시고
내 사랑하는 아우의
능숙한 산유화와 아메리카가 펼쳐지고
고단한 내 의식이 토란국에 적셔진다
고향 토지면의 보랏빛 산길에
칡꽃들은 미치게 피어나고
목조 단칸 우리 식구들의 칡꽃은
지금 잠들고 있다.

화개에서

바람으로 이야기하마
마른 풀빛 고개 수그리며
은빛 세모래 슬픔보다 많이
이 강변을 떠난 사람
갈숲 멀리 깜박이는 불빛
그 흔한 모시조개 황새고동 버려두고
그믐밤 숨죽인 삿대질로
여윈 물굽이는 돌아가던 사람들
모두들 잘 있는지

송화처럼 탄재가 날리는 용산역에서
새벽김밥을 팔던 김씨
말조개국물에 뜨는 구로동의
가을하늘이 좋다던 서당골 이씨
얼핏얼핏 스쳐간 모두의 얼굴 속에
늘 펼쳐지던 은모래사장
더덕다발 장에 내실
어머님의 삿대질 소리

고개 들면 다시
어둠이 숨을 죽이는 서울의 거리
공단에서 도서관에서 가까운 지하철 공사장에서

아파트촌 회색 가등을 돌아
귀가하는 사람들
날씨가 추워오는데
첫눈 맞을 솜옷이나 기워놨는지
구들 지필 연탄이나 들여놨는지

지금 이 강변 갈숲 가득
일어서는 바람들의 칼날
모래도 새도 바람도 풀도
모두들 제자리에 돌아와서
저녁 짓는 골안개 지켜볼 수 있게끔
귀향하는 마지막 얼굴까지
눈물로 손 흔들어 줄 수 있게끔.

화해 1

다시 소꿉놀이를 할 수 있다면
어머니가 되고 싶다
양지 바른 돌각담 밥티꽃 그늘 아래
인간의 풋것들이 사랑놀이를 하고 있다
깨진 백자 조각 위
잘 자란 보리잎 툭툭 튀는
봄햇살 가지런히 썰어 놓고
꼬막껍질 속 흙밥 대신
새야 새야 파랑새야 녹두꽃도 담아놓고
추수하고 빵을 굽고 등을 켜고 사랑을 깁는
인간의 풋것들의 어머니가 되고 싶다
마흔 넘고 쉰 넘어 빼앗을 것 빼앗고도
다 못 뺏은 인간의 쌍것들이
어느 봄 빼앗긴 자의 모습으로
밥티꽃 그늘 아래 돌아와 떨고 섰을 때
설익은 보리꽃 꼬막 들밥에
어쩌면 생각날지도 모를 제 네 살 적 사랑놀이
가슴의 풀들로 돌아와 흔들릴 수 있게.

나
종
영.

은행 앞을 지나며

한국은행 정문 앞
인플레와 더불어 살던 시대는
지났습니다
펄럭이는 플래카드를 읽으면서
나는 거꾸로 우리가 지난 날
허리띠를 졸라매야 했던
이유를 생각한다
그때는 심한 물가고의 시대였으니까
부동산 투기의 시대는 지났습니다
나는 이제야 집없는 사람들이
집을 짓지 못한 까닭과
땅값이 그렇게 치솟던 이유를 안다
그때는 부동산 투기시대였으니까
유리 속에 갇혀 어제도 오늘도
돈을 세는 은행원은 알까
내일이면 쓰여질 이 시대의 또 다른 이름을
플래카드 밑을 떨며 지나가는
시민들은 알까

전국이 대체로 맑겠으나
호남도서지방 가끔 흐림
전 해상의 파도가

다소 높게 일겠음
1982년 1월 ○일
이 날 이 땅의 일기예보를 기억하는 사람이
멀고 먼 훗날 몇이나 될까

곰의 죽음

어느날 외톨박이 아기곰이
산마을로 내려왔다.
곰은 꿀단지를 훔쳐 먹고
나무꾼의 아내를 살짝 물고
뒤뚱거리며 달아났다.

대처 사람들에겐 조그만 죄도
용서할 수 없는 것이어서
장총을 맨 엽사와 수백 명 몰이꾼들이
몰려와 산을 겹겹이 에워쌌다.
영문을 모르는 아이들은
재롱둥이 아기곰을 보러
눈망울을 굴리며 뒤따라갔다.

탕, 탕, M16 총알 두 방에
세 살짜리 아기곰은 쓰러졌다.
풀잎을 뒤흔든 비명소리,
아이들은 놀라 담밑에 숨고
쉿, 마을사람들은 숨을 죽였다.

삽시간에 일어난 무서운 일이라
아무도 내색을 하지 않았다.

사람들은 곰의 시체 위에
마구 돈을 던지며 횡재橫財를 생각했다.
그러나 그들의 등 뒤를 꿰뚫고 지나간
차갑고 긴 총소리에 대해서는
결코 말을 하지 않았다.

석조전 앞에서

오월 아이들의 그림대회는
어른들의 힘의 잔치다.
아이들은 어른의 눈으로 색칠을 하고
어른들은 아이의 손을 통해
집안의 힘을 겨룬다.
옛 궁성의 음탕과 돌기둥에 새겨진
역사를 알지 못하는
아이들은 서른 살 어머니의 희망을
알아차렸다.
하늘에는 하늘색
땅에는 땅색, 나무에는 나무색
언제나 입상만을 고집하는
어머니가 골라주는 크레파스로
아이들은 하얀 도화지 위에
어른들의 그림을 그린다.
솜씨 좋은 아이들은 콜라를 따서
그림선생에게 권하는 것도 눈짓으로 배웠다.
아이들의 꿈, 아이들의 하늘은
어디로 가고
어른들의 집 어른들의 법원만 남아
이 봄날 어른들은 아이들의 그림을
안타깝게 그려주고 있다.

부끄러운 잠

깨어나야지
사면에서 달려드는 이시린 바람에
녹녹히 웃어 보일 수 있을 때까지
더 빼앗길 수 없는 빈 잠
그 잠의 어두움과 함께
또 무너져 내리는 무서움

가위 바위 보로 가려내는 감원減員에 대하여
긴 회랑 높은 담 너머로 새어나온
법정의 애국가에 대하여
그 새벽 마른 떡의 목마름에 대하여
다시 만나 목놓아 이야기할 수 있을 때까지
얼음장 밑의 물처럼
잊지 않고 흘러,
긴 밤 두홉소주를 들이키지 않아도
버림받은 마을 덮는 눈길을
끝까지 걸어가
편안한 잠 잘 수 있어야지
이시린 바람 숨죽여 일어서는
그 새벽의 피,
날이 선 창槍으로 옆구리를 찔러
찔러 깨어나야지

그림자의 일행—行

끼리끼리 돌아다니지 않는 것을
하나라도 보았습니까.
사부랑 바람에 흩어지다 몰리는
지푸라기처럼 힘없는 것들 사이에서
힘잡고 더 겸손해지는 것을
보았습니까.

침침한 극장 구석 껌씹고 쏘다니는 사람들이 제 껌씹는 소리
에 놀라 스스로 고요해지는 것을 언제 한 번이라도 보았습니
까. 사람들은 이런저런 이유로, 연탄가스에 맥없이 죽고 깜깜
한 굴뚝 속을 들랑거리는 쥐새끼들은 잘도 살아가는 꼴불견 세
상에 당신을 미행하는 녀석이 언제 떳떳이 앞에 나서는 것을
보았습니까.

술을 마시고도 술 취했다고
고래고래 외치는 부끄럼없는 야밤에
당신은 만에 한 번이라도
그림자의 일행이 되지 않고
집에 돌아오던 때가 있었습니까.
왼 뺨 오른 뺨 구별없이 쳐대는 싸움판에서
그림자는 슬며시 어둠 속으로 숨어들던데
혹시 당신도 한 패가 되어

남몰래 도망가지는 않았습니까.

그대가 나를 부르면

그대가 나를 부르면
나는 알몸이어라.
어두운 밤바다 모래톱에 서
외파도 되파도 부딪치는 소리 들으면
그대는 나에게 한 줄기 별빛이어라

그대는 알고 있지
무엇이 빛이 되고 무엇이 소금이 되는지
쫓겨가 돌아오지 않는 남자친구의
내의를 짜는 파리한 손으로도
넉넉한 사랑 얻을 수 있음을.
그 힘겨운 사랑이 가져다 주는
빼앗을 수 없는 자유
용솟음치는 힘, 그 너머의 눈부심을.

읽던 책 덮어두고 달려와
담벼락에 기대어 잠이 든 나에게 하던 말
절망하지 마, 용기로운 자만이
기다림을 갖는 거야
떨리는 목소리로 나를 일으키던
그 뜻을 이제 나는 알고 있지.

불러도 돌아오지 않는 이름들을
시멘트 벽에 볼 부비며
목메어 불러보던 그것들을
이제 우리는 알고 있지.
무엇이 별빛이 되고, 무엇이 맨몸으로 부딪쳐
바다에 와 스러지는가를
스러져 또 한번 바다 이끌고 솟아오르는가를

그대가 가만히 나를 부르면
나는 한 잎 풀잎이어라.
거친 바람결에 사랑으로 귀세워
칼날보다 더 날카로운 풀잎
그대 가는 벌판, 새 봄의 늘 푸른 풀잎이어라.

이제 가야지.
눈앞의 황사바람 답답함도 떨쳐버리고
억울함도 서러움도 그 위에 가위눌림
떨쳐버리고 이제 그대 위해 가야지.
환한 웃음으로 덩실덩실 어깨춤으로
벌판 건너가 거친 손 거머잡고
변함없는 길 함께 찾아가야지.

최
두
석.

대꽃

1

(손은 원시의 수풀을 지나 조개를 줍다가 흙으로 밥그릇을 구워내더니 삽자루, 호밋자루와 농사農事, 농사중農事中)

어느 날 담양 대밭에 칠척七尺 거대한 손이 낮잠을 자고 있었다. 마을사람들 모두 구경 나왔다가 어찌된 셈인지 스르르 잠이 들었음에 깨어 일어나 보니 손은 간 데 없고 사람들은 그날부터 죽세공인이 되었다. 이런 사실은 당시의 이호예병형공방吏戶禮兵刑工房 모두 모르는 일일뿐더러 이제 와서는 담양 죽세공인들도 까맣게 잊어버린 일이다.
하물며 손의 행방에 대하여는……

2

전봉준의 토담집 봉창의 한지가 바람에 울고 있었다. 이 울음은 조선 모든 초목의 이파리에서 공명하여 논밭에 잠든 손을 깨워 일으켰다. 콩밭, 수수밭, 고구마 넝쿨을 헤치고 손은 서릿발 선 논둑을 걸어 맨발로 봉준의 사립을 밀었다. (열린 문으로 수십 인의 농군이 뛰쳐 나갔다.) 손이 봉준의 헛간에서 두엄을 치고 여물을 써는 동안 농군들은 고부 관아를 점령했다.

넘실대는 만석보 물이 아니더라도 분노의 봇물은 터져 동네동네를 뒤덮어 흘렀다. 이 물결을 이끌고 봉준은 부안, 정읍, 고창, 무장, 영광……

3

동학 농민군이 북상北上하다 장성 부근에서 쉴 때 농군들은 대밭에서 새 죽창을 다듬고 죽순도 꺾어 갔다. 이 죽순은 그날 저녁 식사 때 농군들의 목젖을 타고 넘어가 다음 날은 전주성全州城을 향해 떠났고 당시 대밭에 남아 있던 죽순은 자라서 반세기 세월을 응어리져 갔다. 뿌리는 뿌리대로 한 마디씩 땅을 경작하며 호남선 철도, 레일에 찢긴 이파리를 달고.

마침내 이 대나무가 베어진 것은 육이오동란 겨울, 한 병사가 낫으로 날카로운 죽창을 다듬었으니.

4

어느 때부터인지 호박은 상경하고 있었다. 한 뼘씩 넝쿨은 자라나서 언덕을 넘고 언덕 너머 호박꽃 한 송이 열매 맺어 언덕을 굴러내리다 깨져 썩고 다음 해 싹이 돋아 넝쿨 벋어 뚝배기 장독을 넘어서 죽은 밤나무 등치를 기어 올라 꽃 피고 열매 맺어 다음 해 봄에야 떨어져 썩고 다시 싹이 돋아 꽃 피고 열매 맺어 꽃 피고 열매 맺어…… 그러던 것이 장성 갈재를 넘으면서부터 구르기 시작하여 단숨에 전주성에 이르렀다…… 거기서 또 서울을 향해 떠났지만 논산 부근에서부터 그의 종적을 알 수 없다. 알 수가 없다. 호박꽃 꽃가루 바람에 흩날리며 금강 연변 찔레 가시덤불 속 벌떼들은 날지만.

5

진터의 불빛 수십 리, 길마다 봉우리마다를 점령하며 동학군은 공주로 진격해 갔다. 이윽고 우금치牛金峙, 총포의 일본군은 보국안민輔國安民, 깃폭을 겨냥하였다. 예닐곱 날의 피 부른 공방전…… 이때 손은 산봉우리를 향하여 바위를 굴려 올리고 있었다. 자신의 분노보다도 운명보다도 더 무거운 그 바위를, 비틀리면서 미끌리면서 정강이뼈가 삐이면서, 마침내 이 바위가 산봉우리 가까이 아슬한 경사로 밀어 올려지고 있을 때 날아온 총알 몇 발은 바위를 다시 골짜기로 굴려버렸다. ……동학군은 남으로 패주해 가고 아무도 없는 우금치, 손만 남아 또다시 바위를 굴려 올렸다. 번번히 골짜기로 되돌아 가야 되지만 발바닥 물집 터져 피 고이고 아물다가 되터지고 이러기를 백여 년! 깃발도 함성도 없는 오늘도 여전히 힘살 부풀어.

6

물찬 은어가 영산강 상류로 거슬러 오르다 지느러미 스치는 바위, 노령 산줄기 하나 강물에 부딪쳐 일렁이는 금당 마을의 바위, 어느 날을 기다려 바위는 자라기 시작했다. 담장의 호박이 자라듯이 그러한 속도로 몸저리며, 그러면서 자기 몸 깊숙이 핏줄을 아로새기고 있었다.

강물은 몸 부른 바위를 감돌아 몇십 삭朔의 나날을 흐르고 이윽고 바위에 균열이 왔다. 점점점 벌어지는 바위 틈으로 비가 내렸다. 쏟아졌다. 천둥 번개 엇갈리던 폭우 몇 순旬, 강물은 거센 아우성으로 흐르고 마을의 집이 한 채 두 채 무너졌다. 강물에 돼지가 떴다. 바위 몸조각도 격류에 휩쓸리기 시작했다. 몸조각 하나, 둘, 셋, 넷, 다섯……마침내 바위가 낳고 있던 아이조차도, 겨드랑이에 날개 돋힌 아이조차도 강물에 휩쓸려 갔다.

7

  이루어진 지 스무 해쯤 되어 보이는 대숲에는 삼십대의 상인
도 오십대의 품팔이도 들어가 섰습니다. 철부지 어린이도 섞였
습니다. 대숲이 술렁거리더니 일제히 전진하기 시작했습니다.
서걱이는 행진의 걸음마다에 외마디 외침이 폭발했습니다. 임
금님 귀는 당나귀 귓속으로 파고드는 이 소리는 종로에서 광화
문光化門으로 곧장 달려갔습니다. 소리가 부딪친 전방 바리케
이트에서는 돌연 총포가 난사되었습니다. 이에 대나무는 쓰러
지며 대꽃을 피웠어요.

  한 송이 피면
  또 한 송이 거품 뿜으며 피고
  이꽃 저꽃 저꽃 이꽃 우르르 우르르 무리져 피는
  피다가 모두 죽는
  대꽃

놀부전

아니 볼 수 없다. 오장 칠보를
논두렁에 구멍뚫기, 패는 곡식 이삭 자르기
말리는 놈 밀어놓고 발꿈치로 탕탕 차기
결국 아무것도 보이지 않는다

흥부의 박은 다시 열리지 않는다
놀부의 성질이 고쳐진 것도 아니다
흥부 재산 가로채 부자가 되고 나자
왈짜패는 새삼 몰려들어 충성을 맹세하고
그가 탄 마지막 박에서 나온 개똥은
나라 곳곳에 즐비하다

흥부야, 곧장 품팔이 가는 흥부야
네 눈동자 속에 나타나 보인다
잔디밭에서 무참히 끌려간 친구의 얼굴이

장마

비 내린다. 축축한 헛간에서 염소가 새끼를 낳는다. 빗방울 튀는 소리 거칠게 염소의 콧김 속에 스미고 마침내 모래물이 쏟아져 낳은 새끼 세 마리, 염소의 젖통이 퉁퉁해진다. 새끼들이 젖꼭지를 빤다. 그렇지만 젖은 나오지 않는다. 젖통은 부어오르고 새끼들은 굶어 죽는다. 구멍도 없는 젖꼭지라니! 비는 내리고 수술을 하기엔 배꼽이 배보다 크다.

가투

　콩꽃 떨기마다 이상한 나방이 사정射精을 하고 다녔다. 그때 나는 국어선생이었다. 깊이 사랑했던 이념의 말이 교과서 구석에 씌어 있었다. 지면을 응시하자 낱말은 괴성을 지르며 교실을 울리고 멀리 운동장 미루나무 이파리에 머물렀다. 구름은 정말 한가롭게 지나가고 학생들의 한 떼는 교련시간이었다. 엎드려 쏴! 찔러, 길게 찔러. 이파리는 사살되어 무참히 찢기우고, 고개를 돌렸을 때 교과서의 활자는 뻔뻔하게 그대로 박힌 채였다. 그 해 농부들이 수확한 콩은, 껍질은 탱탱하고 의연했지만 모두 가투였다. 나는 가투의 의미를 가르칠 뿐이었다.

장화홍련

눈동자 속에 가득한 꽃
그 중 장화홍련薔花紅蓮을 읽는다.

부러진 가로수 가지에서 안개가 피어나고 무진의 거리를 장화가 걷는다. 몇 군데 가게를 들러 미래의 아기옷을 사들고 문을 여는 순간 비칠 쓰러졌다. 홍련은 마구 뛰었다. 어느 낯선 민가의 문을 밀치고 들어섰다. 기다리던 장쇠는 이미 칼을 거두었다. 안개가 덮여왔다. 자욱히 숨막히게 그녀의 치마가 바람에 날려다녔다.

교외의 쓰레기 처리장에서는
장미가, 연못에서는
연꽃이 썩는다
내 눈동자도 썩어들어간다.

임시정부

시가 한갓 되풀이 아니고
시로 뚫은 어느 길을 걷는 것이라 믿으며
몇 달이고 절벽 앞에 막막히 섰을 때
현몽으로 만나는 길
좌우로 철조망 가로수 울창하고
결국 바다에 이른다는 길을 걷는다
끝없이 걸어만 간다. 그러나
언제고 지뢰를 밟아 중도에 박살나는 꿈은
다시 절벽 앞에 무참히 서게 하지만
아나키스트는 아니기에 또 묻는다
해방으로도 돌아올 수 없어 죽은 임시정부는
좌절되는 혁명으로 거듭 죽은 임시정부의 혼은
누구의 몸으로 소생할 것인가를.

박몽구.

협곡

이제 이 길은 아무도 가지 않는다.
가다가 한낱 벌레만 바스락거려도
누군가는 소스라쳐 돌아선다.
가다가 가다가
누군가는 우리들이 그를 놓치고 있는 사이
종무소식이다
더러는 산사태에 깔려 숨졌다고도 하고
도시에 나가 잘 배운 친구들의
밥이 되었다고도 하고
이제는 틀렸다고도 한다.

이제 이 길은 아무도 가지 않지만
아무도 침범하지 못하리라
긴 긴 외로움으로 더욱 빛나는 길
때로는 친구들의 죽음을 보고
때로는 어둠 속에 갇히기도 하지만
아무도 가지 않지만
더욱 외로워져라
더욱 멀어져라

누구의 손도 빌릴 수 없고
노곤한 근육으로

살을 파고드는 아픔으로 가야 하는 길
저 아픔의 산 위에 빛나는 새벽이여
아무도 모르게 찾아올 승리여

우체국에서

두고 온 남쪽 소식이 그리울 때
불현듯 가슴에 맺힌 사람이 생각날 때
들르는 광화문 우체국은
반쯤 들떠 있다.

커다란 문을 여는 순간
수천 통씩 편지들이 쏟아지고
거미줄보다 더 복잡하게
전화선이 얽힌 우체국은
우리들의 궁금증을 풀어줄 것도 같다
궂은 비 흘러내리는
가슴의 우울을 씻어내려 줄 것도 같다

분주한 거리들을 잠시 잊고
죽었을지도 모르는 친구의 소식을 캐기 위하여
멀리 멀리 떨어져서 애타는
사랑의 선을 잇기 위하여
우체국을 찾는다

그때마다 우체국은 틀렸다고 말한다
우체국은 옛과는 달리
막상 끊겠다고 마음먹은 소식은

여전히 끓고
정말 궁금한 것을
여전히 그대로 둘 뿐
우체국은 이제 아무것도 맺지 않는다

우체국에 가면
텅 빈 마음들만 넘쳐 있다

고향

진종일 가야 아는 얼굴 하나 없는
객지를 떠돌며
목마르게 그리던 사람들을 만나
밤 이슥토록 엉긴 가슴을 푼다.

창 밖에는 저벅저벅
구둣발 소리
한 오라기 바람만 불어도
황홀하게 떠밀려 오는 개나리 향기
그렇지만 어디를 가도
한 발 앞서 저벅저벅
따라붙는 구둣발 소리
전신주 그림자도 윙윙
무서움을 떨쳐 버리려는 안간힘

내가 객지에서 품고 온 봄은
아무데도 설 자리 없어라
우리들은 밤새도록 창 밑에 앉아
가슴에 불을 지른다
동철이는 출감하자마자
군대에 붙들려 갔다 하고
몇몇 친구들은 아직껏 정처없이 떠돈단다

상원이형은 월급 많이 주는 은행도 마다 하고
한달에 고작 기만 원을 받는
양동 신용협동조합에 다니면서도
밤으로 광천동 야학에 나간단다.

모두 몸이나 성한지
얼마나 더 오래 이 가시밭길을 지나야
탄탄한 길은 나설 것인지
고향에 돌아와 수소문해 보면
모두가 잠잠한 데를 버리고
새벽이 올 때까지
눈을 부비며 와중에 던져진 사람들
고향에 고향에 돌아오면
뻔뻔스러운 내 얼굴은 어디론가 사라지고
부끄러운 얼굴 어디에도 감출 데 없다.

겨울잠

충장로의 오색 불빛이 부르지만
마음껏 어깨를 껴고 가는 자유가 부르지만
저물녘이면 양림동 언덕에
타는 노을이 미치게 부르지만
이번 겨울에는
거리 저편을 보기로 했다.
그리운 얼굴들 다 버리고
분망한 거짓 다 버리고
뒷걸음치다가 뒷걸음치다가
지리산 뱀굴에나 박히기로 했다.

지금 붐비는 거리는
제 마음이 아니기에
지금 그림자를 놔 두고
지껄이는 입술들은
제 가슴이 아니기에
물러서서 물러서서
낯선 사람들의 채찍이나
스무 가마니 등에 지고 물러서서
거리 뒤쪽을 걷기로 했다.

텔레비전

 텔레비전을 한 대 장만했다. 요새는 칼라가 아니면 조무라기들도 흥 하고 고개를 돌린다는데 흑백하고도 IC도 아니고 트랜지스터도 아닌 내쇼날 고물도 아닌 것을 하나 허전한 책상 위에 앉혀 놓았다. 그래서 얼마 전부터 시를 끄적거려야 하고 무언가를 창조해야 할 빨간 책상 위에서 이 고물은 나를 내려다보고 있다.

 구식 진공관식 텔레비전을 한 대 윤 선배님 댁에서 얻어다 놓고 나서부터 나는 세계를 달리 알기 시작했다. 12인치 너비밖에 안 되는 이 괴물은 멋쟁이였던 것이다. 이 놈과 마주 앉아 있으면 나는 이제 더 이상 초라하지 않다. 나는 없는 것이 없는 저택을 갖고 있고 이제 시시한 여자들 때문에 속썩을 필요도 없다. 텔레비전과 함께 겨울에도 어깨춤을 풀어내려서 멋을 부린 미녀만 나는 만난다. 이제 슬픈 소식 따위는 없다. 푸지고 기쁜 소식의 홍수 속에서만 산다. 나는 차츰 텔레비전을 사랑하게 되었다. 우리나라의 지저분한 구석이라곤 말끔히 걷어내고 믿음직스러운 곳만이 비춰지는 마술을 사랑하게 되었다. 덩달아서 나는 나의 지저분한 구석도 버리게 되었다.

 그렇게도 좋을 수가 없는데 심심하던 차에 마침 너무나 좋은 벗이 생겼는데 시를 써야 하고 고향의 손이 쩍쩍 트신 어머니에게 편지를 써야 하고 무언가 골똘히 생각해야 되는 책상 위에 텔레비전은 앉아 있다. 나의 정신적 피로를 풀어 주고 신기한 것이라면 뱀장수의 너스레 앞에서라도 거리낌없이 덤벙대

던 나를 이 친구는 가라앉혀 준다. 어려운 일일랑 잠시 잊으라
고 숨골을 때려 나도 모르게 잠들게 한다. 괴로운 일은 아예 잊
으라 한다. 구질구질한 자취방에서 돈보다 애인보다 어둠을 쫓
으려 바삐 뛰어다니는 거리보다도 나를 더 얌전히 길들이는 텔
레비전 만세!

휘경동 귀가길에

팔리지 않는 신문 나부랭이가 떨고 있는
가판대 위에 눈은 뿌리고
휘경동행 버스는 왜 이리 늦는지
마른 어깨 들먹이는 비감일랑 뿌리치고
저 불더미 속으로 뛰어들고 싶네
대포 한 잔으로 출출한 속을 덥히고 나온
인부들 모여들어 벌건 얼굴 쬐는
저 불더미 속에 녹아들고 싶네

빈 속 쓰려 오고
수은등 얼어드는 이런 밤이면
함께 앓다가 지금은 떠나간 사람
벗겨진 무릎으로 눈길을 질러 오네
아무 데나 고개 숙이는 습성이 배인
서울의 얼굴을 떼어
이글거리는 불 속에 던져넣고 싶은 밤
소주잔에 번지는 불그림자가 저편 머얼리
그리운 사람 절름거리며 오네

영등포 일기

이 아이들과 함께 살면서
새벽 일찍 일터에 나가
진종일 실밥을 뜯거나 쇠를 치면서
아무것도 보이지 않는
황량한 들에 던져졌다가도
밤이면 초롱초롱한 눈 하나를 간수해서
팩을 들여다보러 오는 아이들 곁에서
나는 내가 별것이 아님을 깨닫는다
내 주위의 이러쿵저러쿵 병들음에 대해 떠들면서
아픔을 만지기를 끝내 거부하는 친구들도
내가 만난 수치를 면할 수 없을 줄을 안다
내가 떠드는 하찮은 강의 하나에도
꼬치꼬치 캐고드는
이 아이들과 함께 살면서
버려짐이 언제까지나 버려짐으로
외로움이 언제까지나 부러지기 쉬운 것으로만
남아 있을 수 없음을 안다
우리들의 폭력이 버리고 쉽게 잊은
어설픈 잔해들이 쌓이고 뭉쳐서
어느 새벽이면
갈대같은 우리들의 언어를 꺾어 버릴 줄 안다.

김진경。

심청가
—판소리 2

햇볕 속에 새파랗게 날 선 보리잎
가슴 속에 있네
캄캄한 밤에도 선명히
이제 먼 눈 뜨지 않아도 보이네
보이네, 한 가난한 처녀의 옷이 벗겨질 때
밭은 기침으로 돌아눕는 땅이 보이네
허리에 새파랗게 두른 비단띠
날마다 죽음처럼 옷이 벗겨질 때
뜰 수 없어 뒤집힌 눈에 어리는 눈물
가슴 속에 타는 불꽃만 보이네
햇볕 속에 날 선 보리잎만 보이네
간다, 가리, 가슴 속에 뜬 눈 감을 수 없어
북망산천 쩡쩡한 요령소리 따라갈 제라도
간다, 가리, 내가 찾아가리
심청아, 너의 허리에 죽음처럼 둘러진 비단 띠
새파랗게 새파란 노예의 표식, 태우러 간다.

옥중가獄中歌
—판소리 3

어두운 천장으로부터 밀려오는
이 차가운 바람을 알 수 없네
바람 속에 밀려오는 저 얼굴을 알 수 없네
무슨 말이 그 입술에 남아 있는지
고이면 새파란 칼날 밑에 들끓고
흐르면 휘휘 창살을 지나는 다급한 목소리
이제 알겠네
갇혀 있는 것이 나만이 아님을
이제 알겠네
떠도는 것이 나만이 아님을
나뭇가지 사이로
채마밭 위로
지나는 귀떨어진 바람, 눈 패인 바람
고이면 새파란 칼날 밑에 들끓는 피
저 푸른 침묵 속에 잠겨 있네

새타령아니리
—판소리 5

전라도땅 화순에 적벽강은요

인간세상 풍경이 아니라는데요

오늘 보니 물 속에 타는 단풍이 그냥 단풍이 아니네요

옛날 옛적 성쌓는 일에 끌려 나간 농부가

늙어서야 고향에 돌아오게 되었다는데요

낯선 청년이 된 아들을 만나

바위 위에 원통한 마음 그림을 그렸다는군요

흘린 피로 부자상父子像을 그리고 죽었다는데요

적벽강 절벽에 타는 단풍은 혹시 이 부자상父子像이 아닐는지
요

아주 어둠으로만 꺼져갈 수는 없는

이 나라 아버지와 아들들의 아픈 마음이

저리 붉게 핏빛으로 타오르는 게 아닐까요.

비갑이*의 창唱
—판소리 7

저 소리를 알 수 없어요, 나를 부르는
저 흙을 알 수 없어요, 나를 부르는
이제 상관 없던 어느 곳에서 누가 울고 있는지
한 오리 머리칼의 흔들림까지 내 피의 쑹얼거림으로 전해오
네요.
누구의 죽음이 눈을 뜨고 있나요.
저 다져진 검은 흙 속엔
누구의 못 다 이룬 사랑이 불꽃으로 고이고 있나요.
무엇이 나에게로 와서 불꽃이 되나요.
무엇이 나에게로 와서 지울 수 없는 사랑이 되나요.
알겠어요, 이제 나의 노래는 나의 노래만이 아님을
알겠어요, 나의 눈물은 나의 눈물이 아님을
이젠 상관 없던 어느 곳에서 누가 울고 있나요.
그치지 않아요, 멍석말이 작두 밑에 허리가 잘리워도
흙에서 흙으로 , 바람에서 바람으로 번져가는 이 노래는.

* 비갑이: 대부분의 가객歌客들이 천민 출신이었는데 간혹 양반 출신의 가객이 있
었다. 양반 출신의 가객을 비갑이라 한다.

이별가
—판소리 11

아버지가 돌아가셨을 때 나는 눈물이 나지 않았다. 그래서 나는 눈물이 없는 것이라고 생각했는데 정말은 오래 오래 슬퍼하고 있었다. 흘리지 않은 눈물이 한 조각씩 떨어져서 아버지의 죽음만이 아닌 풀잎 하나 하나의 스러짐에까지 떨어져서 가득히 빛나는 것이었다.

한 조각씩 안경알에 낀 검정을 벗겨내듯이 나는 눈물을 벗겨내며 내 속을 훤히 들여다보고, 모든 사물의 속을 들여다보고 그래서 모든 것을 사랑했는데 사랑하는 것을 위해 슬퍼할 땐 또다시 눈물이 나오지 않아 나는 다시 렌즈를 닦으며 내 시선을 맑히는 것이다.

이별가
—판소리 12

마루에 앉아 보는 햇빛은 왜 그리 몸살처럼 쑹얼거렸는지 돌을 뚫고 맑게 고이거나 풀뿌리에서 모진 목숨을 실낱처럼 풀어내거나 우리집 뜰이 참 세상만큼이나 컸었다. 그래서 나는 무한히 작아지는 마루 끝에서 꼼짝 못하고 움직이면 그 세계가 무너질까 봐 눈만 크게 뜨고 앉아 있었다.

대문을 열고 아버지가 무심히 들어오고 햇빛은 잘게 부숴지기 시작하더니 세상이 온통 까맣게 무너졌었다.

눈을 뜨면 왜 그리 세상이 새로웠는지 아무도 내 곁에 없는 것 같아 나는 자갈밭에 새카맣게 타는 햇빛 같았다.

아버지가 죽을 때에도 햇빛은 한밤중에 끝없이 아버지의 검은 동공 속으로 내려가고 어른이 되어도 자꾸만 햇빛을 보고 사람을 만나고 오면서도 실제는 만나지 않았다고 내 속으로 끝없이 햇빛은 가라앉는 것이다.

칼춤
—판소리 15

떠도는 풀들이 떠도는 풀을 만나고
떠도는 칼날이 떠도는 칼날을 만나고
네가 나의 가슴에 녹슬지 않는 칼날이 되고
내가 너의 가슴에 녹슬지 않는 칼날이 되고
저미는 살은 살대로 이승의 강가에 뿌리고
깎이는 뼈는 뼈대로 이승의 강가에 뿌리고
새파랗게 날 선 마음만 칼날이 되어
저승으로 돌아갈 제
아기네야 아기네야 무당 아기네야
춤을 추지 쟁쟁쟁 칼춤을 추지
풀잎 속엔 영롱한 이슬의 사랑
핏방울처럼 칼날에 져서 달이 돋는다.
아기네야 아기네야 무당 아기네야
저승의 길가엔 풀잎마다 피에 젖은 달이 돋지
나를 불러다오 쟁쟁쟁 칼춤을 추어
갈라지는 달빛으로만 찾아가리
세상엔 버릴 수 없이 아픈 사랑
가득히 고여 반짝이는데
달지는 풀잎마다 찾아가리
새파랗게 갈라지는 달빛으로만 찾아가리.

꼽추

옛적에는 청나라와 일본 군함이 이곳에서 싸웠다고 말하는 소대장의 등뒤에서 미군美軍 비행기 사격장의 붉은 깃발이 펄럭이고 검푸른 물결 위로 농섬이 뻘겋게 폭격에 부서지고 있었다.

못 생긴 섬, 꼽추의 추한 혹처럼 솟은 그 섬을 우리들은 싫어했다. 저 섬이 다 없어지면 제대할거야. 야간 폭격의 조명탄이 어둠을 가르는 밤에 우리들은 방아쇠의 냉기를 개펄을 향해 날려 보내며 중얼거리곤 했다.

사격이 끝난 아침이면 탄피를 줍는 사람들이 썰물을 따라 나가고 바닷바람에 얼어 돌아오는 사람들의 등에 어느 날 섬은 추한 혹이 되어 붙어 오고 있었다. 사람이 죽었데. 불발탄이 터졌다는군. 그날부터였다. 마을 사람들이 꼽추로 보이기 시작한 것은.

우리가 제대하는 날도 섬은 여전히 남아 폭격에 붉게 무너져 가고, 햇빛 속을 걸으며 나는 자꾸 등이 가려웠다. 다시는 이 더러운 땅을 돌아보지 않겠노라고 중얼거리는 우리들의 등에 어느덧 그 섬은 혹으로 자라기 시작한 걸까?

102

풀잎

풀잎 속엔 찰랑 찰랑 강물소리 들린다.
얼음 밑을 시리게 흘러가는 강물
이상하다. 쩅쩅한 햇볕 속에서도
풀잎 속엔 흰 눈을 밟고 오는 발자국 소리.

엄니야, 네가 돌아오는 벌판의 어둠이 보인다.
돌아보면 세상은 언제나 흰 눈으로 등 뒤에 멈추어 있고
빨갛게 젖은 귀가 비인 바람 소릴 듣고 있을 뿐
세상 어디에 언 손을 녹일 한 뼘 지붕이라도 있었느냐.

엄니야, 풀잎 속엔 찰랑 찰랑 강물소리 들린다.
힘 없는 줄글에 매달려
농약 공장 하루 일
물집 잡힌 네 손보다 못한 것을 시詩라고 부끄러워질 때
흰 눈을 밟고 오는 발자국 소리

이상하다. 쩅쩅한 햇볕 속에서도
시린 강물소리 들리고
매운 바람에 쓸리는 따가운 불티
시리고 뜨거운 한 점 사랑.
무수히 쩅쩅한 햇볕 속을 흔들려 온다.

군산대교

강을 건너라.
교각 밑으로 강물은 휘황한 불빛을 담고 흘러가는데
미두米豆에 취해, 계집에 취해 강변을 어른대던 사내들의 들
뜬 목소리
출렁이는 물결 위의 불빛따라 포말로 뒤섞이며 되살아오는
듯
다리 위의 초소에선 보초 교대의 구령소리
뱃머리에 앉아 조는 아낙네의 이마엔
상처처럼 패인 주름이 깊다.

어둠을 담고 있는 함지 속
이제 다 팔린 뒤에 남아 몸부림도 잊은 채 누운 생선들처럼
아낙네야, 한 평생 몸에 배인 비린내로
너의 삶도 또한 누웠거니
이제는 몸부림도 잊은 채 물결에 흔들려 가고
일어설 수 없는 마음들만 남아 숨죽여 강물 깊이 흐르는구
나.

눈물이리라, 그것은
출렁이는 물결 깊이 쉬임없이 흐르는 그것은 통곡이리라.
큰 나라의 채찍에 몰려 나귀의 지친 방울소리로 떠돌던 사람
들

뜨거운 폭염에 아사하는
시디 신 쌀알들이 이 부두에 쌓이고 있었으리라.

무엇이 나를 부르는가 물결이 소용돌이치는 그 깊이
어떠한 손이 있어 나를 부르는가.
강건너의 저무는 하늘에는 포대처럼 솟은 굴뚝들
검은 연기를 뿜어 올리고
어깨를 움츠린 채 바쁘게 사람들은 몰려간다.

난간에 쓰러져 누운 사내여
무엇이 거기서 우리를 부르는가?
어린 시절 가슴 속에 푸르게 타오르던 금강, 나의 어머니
수많은 죽음을 껴안은 채 이제 흐린 얼굴로 다가와서
어느 희디 흰 손으로 나를 부르는가
흰 눈은 손짓하며 내려 취한 사내의 어깨를 덮는다.

유엔탑

(제2한강교 입구에 버티고 서 있는 너의 그림자 속을 지나
며, 되살아나는 것은 너의 월계관이 우리의 것일 수 없다는 깊
은 수치심일 뿐)

빗속을 걸어가는 데모 대열을 향해
V자字를 그리고 가는 백인白人 병사의 장난기처럼
너는 우리의 운명에 눈 감은 채
거기 서 있었다.
지금은 강물 위에 비치던 너의 모습도 무너지고
공사장의 인부들이 네 월계관의 돌잎파리를 들어 나른다.

너는 우리들의 잘리운 허리와 함께
영원할 수 없는 것.
그러나 너의 무너짐이 우리의 가슴속에
그림자를 거두어 가지 못함은 웬일일까?
김포공항으로 내리는 둔중한
비행기의 동체가 응응거리며
가슴의 밑바닥까지 울리고

무서운 속도로 지나가는 벤츠의 푸른 유리 속에
비스듬히 누워 바라보는 눈길이
너의 그림자처럼 찐득이 가슴에 남는다.

또 누가 강물 위에 탑을 세우고 있는가

우리들의 것일 수 없는 칼과 월계관을
누가 뜰 수 없어
눈 먼 채로 흐르는 강물에 비추게 하는가.

탑이여, 흙은 너를 원치 않는다.
무심히 돌을 들어 옮기는 인부들처럼
흙은 피흘림 뒤에도 남아 너의 부러진
칼 위에 풀을 키울 뿐
여기 누우리라, 흙처럼
우리들의 잘리운 허리를 덮을 수만 있다면
여기 누워 우리들의 가슴 위에 풀을 키우리라.

피아골에서 마신 약수藥水 혹은 시詩

이것은 누구의 입김일까
투명한 말들 끊임없이 솟구쳐 흐르는
그 깊이 어떤 가슴이 있어 속삭일까
햇살은 어른거리며 물 속으로 번져가고
눈 감으면 천년千年이 다 보일 듯 맑은 물결 흔들리는데
어떤 기다림이 이 투명함을 이루었을까
때때로 흙 속에 숯불처럼 묻힌 뼈를 스치고
이제 흙이 된 피와 살을 스치고
아직도 못 다 이룬 넋들의 꿈을 스치고
다 잊은 듯이
차마 잊진 못한 듯이 맑은 입김 솟아오르네
어떠한 불볕에도 마르지 않을 투명한 말들
다 잊은 듯이 그대와 그대의 상처에
피에 깨어 있네.

나
해
철.

영산포榮山浦 1

배가 들어
멸치젓 향내에
읍내의 바람이 달디 달 때
누님은 영산포榮山浦를 떠나며
울었다.

가난은 강물 곁에 누워
늘 같이 흐르고
개나리꽃처럼 여윈 누님과 나는
청무를 먹으며
강둑에 잡풀로 넘어지곤 했지.

빈 손의 설움 속에
어머니는 묻히시고
열여섯 나이로
토종개처럼 열심이던 누님은
호남선湖南線을 오르며 울었다.

강물이 되는 숨 죽인 슬픔
강으로 오는 눈물의 소금기는 쌓여
강심江深을 높이고
황시리젓배는 곧 들지 않았다.

포구가 막히고부터
누님은 입술과 살을 팔았을까
천한 몸의 아픔, 그 부끄럽지 않는
죄가
그리운 고향, 꿈의 하행선을 막았을까
누님은 오지 않았다
잔칫날도 큰집의 제삿날도
누님 이야기를 꺼내는 사람은 없었다.

들은 비워지고
강은 바람으로 들어찰 때
갈꽃이 쓰러진 젖은 창의
얼굴이었지
십 년 세월에 살며시 아버님을 뵙고
오래도록 소리 죽일 때
누님은 그냥 강물로 흐르는 것
같았지.

버려진 선창을 바라보며
누님은
남자와 살다가 그만 멀어졌다고
말했지.

갈꽃이 쓰러진 얼굴로
영산강을 걷다가 누님은
어둠에 그냥 강물이 되었지,
강물이 되어 호남선을 오르며
파도처럼 산불처럼
흐느끼며 울었지.

영산포榮山浦 2

개산 큰집의 쥐똥바퀴새는
뒷산 깊숙이에 가서 운다.
병호 형님의 닭들은
병들어 넘어지고
술 취한 형님은
강물을 보러 아망바위를 오른다.
배가 들지 않는 강은
상류와 하류의 슬픔이 모여
은빛으로 한 사람 눈시울을 흐르고
노을 속의 운곡리를 적신다.
냉산冷山에 누운 아버님은
물결소리로 말씀하시고
돌절벽 끝에서 형님은
잠들지 않기 위해 잡풀처럼
바람에 흔들린다.
어머님 남평아짐은 마른 밭에서
돌아오셨을까,
귀를 적시는 강물 소리에
늦은 치마품을 움켜잡으셨을까,
그늘이 내린 구진포
형님은 아버님을 만나 오래 기쁘고
먼 발치에서

어머님은 숨 죽여 어둠에
엎드린다.

영산포 榮山浦 3

작은 고모의 꿈은 봄마다
강가에 자주달개비를 피우지만
풀잎이 된 사촌들은 낮게 바람에 흔들릴 뿐
강변의 구멍가게는 늘 침침하다.
예식 없이 어머니가 된 누이는
늘 뒷전에서 서성이고
영산포榮山浦, 8월의 길 위에서
아이를 잃은 뒤 강江가에서 키가 큰 풀로
쓸쓸하다.
15촉 불빛의 구멍가게에 드리워진
아버님 그림자는 흐려지고
돌공장, 화강암 돌에는
곧잘 강 울음이 새겨져,
3류 극장 공사장에서 잃어버린
아버님 그 한 쪽 눈을 뜨고 돌들은
포구의 산그늘에 오래토록 직립한다.
범람하는 강물에
둘째는 넘어져 숨죽인 채
어머니와 한 계절을 또 운다.
그애의 병은 깊어서 작은 바람에도
가장 잘 흔들리는 풀이 되고
어둠이 들면

강물에 눕는 고모님은
흐르다가 선뜩선뜩 깨어서
흐르기를 멈춘다.

영산포榮山浦 4

깨죽나무 잎무침이 먹고 싶어
소년이었던 나는 강 건너 큰집에 갔었지
마당귀 우물은 말라버리고
없어진 깨죽나무에 불던 달디 단 바람,
키가 컸던 나무는 큰아버님의 술이 되어
동구 가운데 섰다가 저물 무렵이면 애들 울음으로
마을을 소리내어 흘렀다.
그때 강변 가시나무 등성이에서
소리없이 웃고 계셨지, 여든의 할아버지는
홀로 산 언덕 돌숲을 일구시고
소년이었던 나는 때아닌 자주달개비 꽃이
하염없이 눈시울에 내렸고,
할아버지 은빛 수염 가를 푸르게 솟구치던
도도한 영산강.
물 가운데 숨어서 버리던 몇 공기
누님의 한숨, 5일장을 따라가시던
어머님 강변의 숨죽인 슬픔이
아름다운 바윗의 띠가 되어
적시던
할아버지의 땅.
결혼을 하고, TV를 본 후
잘 차려진 밥상 너머에

불현듯이 앉으신 할아버지는
오목 가슴에 뜨거운 관솔불을 놓아
가슴을 치며 밤새 뒤척이게 하시고
어쩌지 못할 불길을 잡으러
강변에 서게 하시다.
작은집도 큰집도 떠나버려 빈 마을을
강은 여전히 소리없이 적시고
강과 함께 흐르는 할아버지의 산밭.
땡볕의 고추밭이 되어
황토 토종 종자를 달고
제 살을 빨갛게 태우고 있었다.

영산포榮山浦 5

어머니의 봇짐은 신안군 지도면 상리
바다쪽 마루에서 무거운 눈꺼풀을 뜨고,
한 공기의 희망은,
새벽 목젖을 위한
머리맡 한 공기의 냉수는 얼어붙고
둑 위에 서서 강물을 보는
꿈으로 잠을 깨는 영산동榮山洞 시절.
지금은 식자공 내 동생의
앞니 사이로 새는 바람이
강변 갈대 숲을 흔들 때
밤이 깊도록 나는 모래밭과 강둑에
몸을 굴리며
다스운 손과 목소리, 어머니와
지난 봄의 분꽃 그 사랑을
그리워했다.
그리움에
강물이 은실의 띠가 되어 목에 걸릴 때면
뽀오얀 쌀밥처럼 어머니는 오셔서
슬픈 내 공복에 녹으셨다.
강물이 기쁨으로 빵처럼 부풀면
황시리배는 와서
간밤의 꿈과 젓과

홍어를 풀고 잠시면
내 눈물의 소금기로 만선인 채
돌아갔다.
영산포
포구가 버려지고부터
나는 기다리지 않고 늘
잠이 들어 버렸다.
강물이 휘돌아가는 구진포 너머의 구름과
개산 하늘의 별빛
잃어버린 작은 염소를 만나러
깊은 잠이 들어 버렸다.

영산포榮山浦 6

강변 사람들이
빗장을 걸고 흐느낄 때
문평文平 구름 당숙은 오신다.
슬픔으로 대접하는
몇 사발 침묵을 드시고
일어서 다시 흐르자고
창대 같은 목소리로
잊혀진 일들을 꺼내시면
더욱 서러운 우리는 옷소매에 엎드린 후
깨어나,
강물을 보러 둑 위에 선다.
빈 들의 가슴에 호흡처럼 깃든 강을 보며
사람들은 숨길을 고르고
당숙은 기쁘다.
면장이었던 형이
50년 가을 들찔레꽃더미로 핀 뒤
수심가愁心歌를 부르는 형수의
몇 차례 맑은 웃음을 위해
30년 서성거린 강변에서
눈시울에 뜨는
그리운 꽃더미로
기쁘다.

큰 걸음으로 휘돌아 당숙이 가실 때면
모두들 상현上弦의 이마에
노을은 내리고
단풍빛 꿈을 적신 채
강물은 영산포를 떠나며
끝까지 밝음으로
또 돌아온다.

영산포榮山浦 7

돌아와
버려진 집터를 바라보는 우리는
부서진 구들 잡풀 곁에
아득한 몇 포기 패랭이꽃으로 선다.
눈시울에 달무리처럼 뜨는
문고리는 저만치 누워
가슴의 삼동三冬을 열고,
어머님 기다리시던
사립은 어디로 갔나
산쑥꾹이는 상수리 숲에서 그때처럼 울고,
아버님 곁
강변에 모신 어머니는
어디에 서 계시나
둘러보면 내린 산그늘,
평생 취하신 아버님을 고사리처럼
사랑하신 어머니
운곡리를 적시는 강물이 되실 때
뒤따르며 무너지던 산그늘,
오늘은
허물어진 집터에 그리운
집 한 칸을 세우고
물결소리로 가득한

산그늘.

영산포榮山浦 8

누이여
너의 가슴은 고향
우리들이 뛰놀던 꽃바탕처럼
그리움으로 봄동산이지만,
눈이 내리는 남림방직 직기부
끝없는 바람은
작업장 인동忍冬의 불빛에도
날이 선 칼이 되어
어머니 어머니 오랜
허기를 덮히는 네 음성도
강가 주물공장 첫사랑도
그 무슨 앙갚음으로
옷깃을 썰듯 베어버리는구나, 기다림은
댕기머리 너를 이제 흐느끼는 아이들을 달래는
부픈 젖가슴 언니이게 하지만
다독거리며 너마저 울면서
여직 너는 반토막 라면을 씹으며
또 무엇을 더 기다려야 하느냐.
누이여
우리들이 뛰놀던 산모롱이는
이미 산밭으로 오래이지만
그 자리 그대로 강물은 고향산을 휘돌고
흙에서 일어서시면

강물에 머리를 감는
어머니 바위사랑은 여전하다.
구겨진 몇 벌의 희망, 누군가
하루밤 술값이라던 십여 년
눈물의 통장을 들고
누이여 올해는 떠나자,
변두리 잊혀진 천한 것들로 있느니
그리운 진홍빛 진달래, 마른 밭 들찔레 되어
향기로운 처녀로 흙을 일구고
고향 산쑥국이로
십여 년 떠났던 뼛속 이 정 그 정
밤깊이 어머니와 나누고 또 나누게.

봉천동 奉天洞

봉천동奉天洞 몇 굽이 빈한의 바람벽을 돌아
하늘 끝길을 오르면
그리운 사람의 이름이 눈시울에 젖는다.

결빙의 산번지山番地 겨울은
고드름밭으로 서고
날마다 넘어지는 사람
내 그리운 사람은 앓아 누웠다.

어깨를 꺾고 들어서면
늘 정情으로 포개져 지내는
한없이 넓은, 작은 집과 온돌
그리고 흰 눈발의 쇠사슬을 녹이는 음성들

어머니는 정결한 약을 얻기 위해
인분을 걸러 담으시고
"뼛속에 백힌 것은 똥이 질이제"

영 일어나질 못해
약을 달게 받는 사람
봉천동 꼭대기에 누워
하늘 가까이 그 문패를 띄우는

종鍾5가街 이발사, 내 그리운 사람의 이름은
늘 눈시울에 젖어 부시다.

이영진.

과꽃 1

지방법원
구내식당 담벼락 밑
과꽃이 한송이 피어 있다.

푸른 옷에 포승줄이 아름답기만 한 친구야
어떤 보이지 않는 힘이
가지 끝에서 꽃을 끌어내고 있을까.

너는 당당하지도 비굴하지도 않고
그저 한 송이 과꽃처럼 앉아서
사랑이란 말이 아니라 행하는 것임을
겸손하게 보여주고 있을 뿐
.
고개를 돌려 눈이라도 마주치면
말을 할 수 없어
말문을 열 수 없어
커다랗게 열린 눈속으로 뜨건 물기만 고여 오고

아름다운 것을 보면
왜 나는 언제나 부끄럽고, 슬퍼지도록 가슴이
아파오는 것일까
이렇게 설운 가슴으로

사람들을 바라다보면, 살아가는 속내를 들여다보면
모든 사람들은 다 제각기 가슴에 고여 있는
서러운 사랑의 빛깔로 반짝거리고
나는 눈물 대신
금지된 노래를 부르고 싶어진다.

과꽃 2

지방법원
구내식당 담벼락 밑
과꽃이 한송이 피어 있다.

푸른 옷에 포승줄이 아름답기만 한 친구야
어떤 보이지 않는 힘이
가지 끝에 단단하게 매어달린 꽃과
꽃의 정신을
땅바닥에 떨어지게 하는 것일까.

닫힌 거리 넘어
소식이 끊긴 자리마다
다시 솟아오르는 꽃잎이어

금지된 것들 속에는
일체의 자유가 있고
일체의 빛나는 정신이 있고

꽃을 끌어내는 힘은 영원히 지워지지 않고
피어 오르는 힘은
그 힘의 상징처럼
한 송이 과꽃으로 피어 오르고

그저 무심히 살아가는 듯싶은 세상의 거리는
또 얼마나 가득 찬 완성인가
죽음마저 가까운 친구처럼 정겨워
힘이 솟는 밤
나는 저 금지된 곳을 향하여 간다.

나주평야

불에 달군 쇠꼬챙이 뜨거운 햇살에
온몸을 꿰뚫리며 간다
흙인형처럼 묵묵히 말이 없는 애비들의 얼굴이
오뉴월 불타는 땡볕 속으로 간다.

햇볕이 철철 녹아 흐르는 황톳길을 지나
푸른 벼들이 병사처럼 일어서는
논두렁을 헤치며
힘들여 걸어가는 까닭이
어디 고작 농약이나 피사리 때문이랴
너희들은 알 리 없지만
햇살 속의 들녘, 그 투명한 허공 속이
얼마나 뜨겁고 고독한 곳인지
너희들은 정말 알 리 없지만
뼈끝까지 적셔오는 외로움이야
땀내나는 발가락으로 꾹꾹 눌러 죽이고

무더워야 할 텐데
피가 바리바리 끓도록 뜨거워야
흰 벼꽃이 무더기로 피어
저 험난한 농협계단, 추곡수매를 지나
나의 땅, 몇 십 년 파헤쳐도

멀기만 한 나의 땅으로 갈 텐데

애비들이 비지땀을 닦으며 물길을 따라
허기진 마을로 돌아오면
등뒤에선 고운 노을이 뜨고
저녁안개 낮게 깔려가는 들녘엔
오뉴월 땡볕을 빨아들인 푸른 벼들이 일어서는 소리
수런수런 벼들이 익어가는 소리

경계警戒

수송부 앞 기름 냄새 속에 서서
반도半島의 한구석에서 소리없이 태어나는 침묵을 본다.
받들어 올린 대검 위로
호수처럼 맑게 고인 하늘이 내려오고
전폭기 F – 5 '자유의 투사鬪士'가 지나간다.

잠시 하늘과 풀잎들이 흔들리고
흔들리는 풀잎들의 푸른 어깨를 따라
건너편의 산들도 몇 번인가
출렁이다 만다.

다시 끝없이 고적한 공간
탄약고 뒤쪽의 응달에 녹지 않고 쌓여 있는 눈들이
초라하게 나를 바라다본다.

(짠밥, 식기, 집합, 소주, 라면 ……… 국가, 개인, 자유, 이
념, 생존, 동질성)
머릿속을 제멋대로 종횡무진하는 것들이여

적敵처럼, 원수처럼 단단하게 굳은 시멘트 조각처럼
'시간'만이 눈앞에 서 있을 뿐
나는 이것을 향하여 방아쇠를 당기고 싶을 뿐

나는 어떤 적을 향하여 서 있는 것일까?

햇살 속에 모든 것을 드러낸 싸늘한 대낮의 적막 속에
짚차가 달려온다
근무중 이상무!
흙먼지처럼 위병소는 가라앉아 버리고

어느 포대의 기동훈련인지
길게 이어지는 트럭들의 행렬이 사라져 가고
나는 내 혈관 속을
흐르는 피들이 소리없이 말라가는 소리를 들으며
나의 외로움을 지키고 서 있다.

마지막, 지켜야 될 국토이기라도 하듯이.

어느 고지에서

이름없는 무덤
그대 한 칸의 낡은 집
키작은 잡목보다 낮은 그대의 지붕 위에
철모를 쓰고 앉아
2km 전방의 눈금
가늠쇠 속으로 드러나는 휴전선을 바라다본다.

지리시간에 한 나라라고 배운
아득하게 먼 나라의 산천을 바라다본다
우리가 알기도 전에 갈 수 없는 곳이 되어버린 땅
그래서 이미 나의 지역이 아닌 곳을 향하여
총구를 겨누고 있다.

그러나 아메리카식 자동소총 M-16이여
상속된 유산처럼 총구 앞에 와 머무는 땅이여
우리는 한 번도 적을 만든 적도
스스로 적이 되어 본 적도 없었다.

하늘 아래 산들은
산들끼리 억센 어깨 든든히 걸쳐가며
첩첩이 모여 사는데
어디선지 빈 허공 속에서

나를 불러대는 것은 무엇이냐
애터지게 나를 부르는 것은.

총구 앞에서
마른 풀잎들만 바람에 흔들리고 있는데.

판자촌

헐벗은 축대 마주하여
일찍부터 푸른 새벽은 피어오르는데
거대한 콤푸레샤의 엔진소리를 들으며
우리의 낮은 울타리들은 무너져 내리고
눈보라 속에서 우울하게 뒤집힌
가파른 축대 끝엔 어김없이
춥고 긴 겨울이 오고
첩첩한 생계의 원한이 오고
내리는 찬눈을 맞으며
죄라고는 마구 내어줄 젖가슴이 없을 뿐
더운 피로 가득 찬 심장이 하나 있을 뿐
눈이 내리고 난 뒤
푸른 강철처럼 개인 하늘가엔
어디론가 떠나는 시린 발목들이 보이고
죽음과 함께 밀려다니는 우리들의 한파여
짓밟히는 목구멍 속으로 솟아오르는 설움이여
우리는 낯선 어느 나라의 피난민이냐
오늘은 또 무엇이 우리를 자꾸 떠나라 하느냐.

윤재철

1953년 충남 논산에서 태어나 초중고 시절을 대전에서 보냈다. 서울대 국어교육과를 졸업하고 1981년 '5월시' 동인으로 작품 활동을 시작했다.

시집으로『아메리카 들소』, 『그래 우리가 만난다면』, 『생은 아름다울지라도』, 『세상에 새로 온 꽃』, 『능소화』, 『거꾸로 가자』, 『썩은 시』 등과 산문집으로 『오래된 집』, 『우리말 땅이름 1·2』 등이 있다. 신동엽문학상과 오장환문학상을 받았다.

1985년 『민중교육』지 사건으로 구속 해직된 후 1999년 복직되어 다시 교직생활을 하다가 정년퇴임하여 현재는 자가 격리되어 집필활동에 전념하고 있다.

박주관

1953년 전남 광주에서 태어나 광주일고와 동국대 국문과를 졸업했다. 1973년 「풀과 별」로 등단했다. 상명여고 교사로 재직 중 '5월시' 초대 동인으로 참가했다. 문예진흥원을 거쳐 『무등일보』, 『호남신문』, 『광남일보』 기자를 지냈다. 시집으로 『남광주』, 『몇 사람이 없어도』, 『사랑을 찾기 위하여』, 『적벽은 아름답다』 등을 펴냈다.

2001년 천상병문학상 등을 수상하였다. 2012년 지병으로 광주에서 사망하였다.

곽재구

1954년 전남 광주에서 태어났다. 전남대 국문과를 졸업하고, 숭실대 대학원에서 한국현대문학을 전공했으며, 현재 순천대 문예창작과 교수로 재직하고 있다. 1981년 『중앙일보』 신춘문예에 시 「사평역에서」가 당선되어 문단에 등단했으며, 이후 '5월시' 동인으로 활동했다.

시집으로 『사평역에서』, 『전장포 아리랑』, 『한국의 연인들』, 『서울 세노야』, 『참 맑은 물살』, 『꽃보다 먼저 마음을 주었네』, 『와온 바다』, 『푸른 용과 강과 착한 물고기들의 노래』 등을 간행했으며, 시선집 『우리가 별과 별 사이를 여행할 때』 등이 있다. 신동엽창작기금(1992), 동서문학상(1996), 대한민국문화예술상(문학, 2018)을 받았다.

나종영

1954년 전남 광주에서 태어났다. 교편을 잡은 아버지를 따라 함평, 장성, 강진 등으로 초등학교를 이곳저곳 옮겨 다녔다. 어린 시절 학교를 여러 곳 옮겨 다닌 탓에 여러 고을의 자연과 지리, 풍습을 체험했고, 이것이 후에 문학을 하는 데 좋은 자양분으로 작용했다. 수많은 시인, 소설가를 배출한 광주고등학교 문예반에서 활동했고, 부모님의 권유로 전남대 경제학과를 입학하고 졸업했다.

1981년 창작과비평사 13인 신작시집 『우리들의 그리움은』으로 등단했으며, 시집으로 『끝끝내 너는』, 『나는 상처를 사랑했네』 등이 있다.

1980년대 초 광주민중문화연구회와 도서출판 광주의 창립에 주도적으로 관여했고, 광주·전남작가회의, 순천작가회의의 출범을 이끌었다. 또한 2005년 9월 광주·전남 지역 최초의 종합문예지 『문학들』을 지역 문인들과 함께 창간하고 지금까지 통권 60호를 발행했다. 현재는 한국문화예술위원회 위원, 조태일시인기념사업회 부이사장으로 있다.

최두석

1956년 전남 담양에서 태어났다. 중·고등학교는 광주에서 다녔고, 서울대 국어교육학과를 거쳐 국어국문학과 대학원을 졸업했다.

1980년 『심상』을 통해 등단했고, 시집으로 『대꽃』, 『임진강』, 『성에꽃』, 『사람들 사이에 꽃이 필 때』, 『꽃에게 길을 묻는다』, 『투구꽃』, 『숨살이꽃』 등을, 평론집으로 『리얼리즘의 시정신』과 『시와 리얼리즘』을 간행했다. 오장환문학상을 수상했다.

강릉대 국문과 교수를 거쳐 현재 한신대 문예창작학과에서 교수로 일하고 있다.

박몽구

1956년 전남 광주에서 태어났다. 전남대 영문과를 졸업하고, 한양대 대학원 국문과를 졸업했다. 1977년 월간 『대화』로 등단하여, 5·18 광주민중항쟁을 주제로 한 시집 『십자가의 꿈』을 비롯, 『칼국수 이어폰』, 『황학동 키드의 환생』 등의 시집을 상재했다. 한국크리스찬문학상 대상을 수상했다.

1978년 민주교육지표 사건 관련 1년여의 수배와 투옥 끝에 1980년 당시 시국 관련 학생 조직인 전남대 복학생협의회 회장을 지냈다.

5·18 당시 전남대생 200여 명과 함께 전남대 앞에서 계엄군과 대치 중 시민들과 합세하기 위해 금남로로 진출하여 전투경찰 및 계엄군과 맞서 싸웠다. 이것이 5·18의 발단이 된 것으로 평가받고 있다. 5·18 기간 중 범시민궐기대회를 주도한 혐의 등으로 내란죄로 수배 투옥된 바 있다. 5월구속부상자회 회원이다.

5·18 이후 서울로 상경하여 자유실천문인협의회 청년위원장 등을 지냈다. 월간 『샘터』 편집장을 역임하고, 현재 계간 『시와문화』 주간, 순천향대 객원교수로 있다.

김진경

1953년 충남 당진에서 태어났다. 휴전이 되기 3개월 전에 태어나 전쟁의 흔적 속에서 어린 시절을 보냈다. 첫 시집 『갈문리의 아이들』은 이러한 어린 시절의 풍경과 사람들은 계속 살아가기 위해서 이 참혹하고 낯선 상처들을 어떻게 친숙하게 녹여 낼까 하는 물음이 담겨 있다.

1974년 한국문학신인상으로 등단했다. 자족적인 시 쓰기를 수년간 하던 중 1980년 5월 광주항쟁이라는 피 흘리고 있는 상처를 만나 '5월시' 동인으로 활동하고, 이후엔 교육운동에 참여하게 되었다. 이후 본업이라고 생각하는 글쓰기와 교육운동 관련 활동 사이에서 갈등하며 지냈다. 그동안 교육에세이집 『스스로를 비둘기라고 믿는 까치에게』를 내기도 했고, 동화 『고양이 학교』로 프랑스 아동청소년 문학상 앵꼬립띠블상을 받았다.

나해철

1956년 전남 나주에서 태어났다. 유아 때부터 10세까지 영산강의 둑 바로 밑에서 살았다. 상여가 나가고, 굿판이 열리고, 마당에서 혼례를 올리고, 큰집에 사람들이 모여 제사를 지내는 동안, 바라보는 흥겨움과 신비와 슬픔이 있었다.

1972년 광주일고에 입학하여, 후에 '5월시' 동인이 되는 곽재구, 박몽구, 최두석을 동기동창으로 만나고, 나종영과 박주관에 이끌려 문학 서클 '용광'에 가입했다. 대학에서는 곽재구가 곁에서 시를 잊지 않게 해 주었다. 1976년 대구 영남대에서 주최하는 천마문학상 시 부문에 당선되었다. 1982년 『동아일보』 신춘문예에 당선되고, '5월시' 동인에 합류했다.

시집으로 『무등에 올라』, 『그대를 부르는 순간만 꽃이 되는』, 『긴 사랑』,

『꽃길 삼만리』 등을 펴냈다. 2016년 세월호 참사 때 304편의 하루 한 편의 시를 써 페이스북에 발표했고, 『영원한 죄 영원한 슬픔』이라는 제목의 시집으로 엮어 냈다. 한국작가회의, 민족문학연구회 소속이다.

이영진

1956년 전남 장성에서 태어났다. 1976년 『한국문학』에 「법성포」 등으로 한국문학 신인상을 수상(1976)하며 등단했다.

1981년 동인 결성에 주도적 역할을 하여 '5월시' 동인시집을 발간했다. 도서출판 청사, 인동출판사 등을 거쳐 1986년 자유실천문인협의회 사무국장을 역임했고, 『전남매일신문』 사장, 광주아시아문화전당 기획단장 등으로 일했다. 이후 아프리카의 남아프리카공화국과 나미비아, 미얀마 등에서 오지탐사를 하면서 사진 촬영에 몰두하고 있다.

시집으로 『6·25와 참외씨』, 『숲은 어린 짐승들을 기른다』, 『아파트 사이로 수평선을 본다』 등이 있다.